布目から雫

中村堯子句集

令和俳句叢書

NUNOMEKARASHIZUKU
NAKAMURA TAKAKO

ふらんす堂

目次

Ⅰ …………………… 5
Ⅱ …………………… 59
Ⅲ …………………… 119
あとがき ………… 179
初句索引 ………… 183
季語索引 ………… 187

句集

布目から雫

I

炎えながら駐輪場は骨のいろ

熱帯魚ぴりりと辛く光るなり

風死して筆箱型の待合所

胡瓜揉む苛つく日の苛つく指

蛇よりもあやしき艶の水餃子

藪からし引けば鐘々鳴りひびく

処暑の雨夫婦の下着とりこめば
燈籠へ追はるる鼠花火かな

扇置く昼餉はパンと茹で卵

蕊紅き花長月に逝く母に

洞窟に秋燈ゆらゆら七並べ

長薯や仏陀もねばり強く座し

冬の虹皿に切り身の血が残り

俎板は熱湯かぶる冬眠期

鵙としるして舟内の机かな

骨揚げの銀の長皿枯木山

時雨忌の卓煮干しあり定規あり

受け口の甘鯛買うて文を待つ

老斑を手の花柄に冬ごもる

牡蠣すすり冷遇の瞬よみがへる

寒卵割つて事故死の妃を憶ゆ

白鳥へ夜汽車の空気枕かな

ぞんざいな言葉の前に残る雪
むかうから噓に怯むからだくる

鉄路ふく風はニヒルや枯芒

詰襟の少年とみる菰巻く木

セロリーの筋引く笑ひ皺がふえ

喋りさうな死者に開きさうな梅

美学者の死して梅が枝放射状

船出あるほかは花木もなき遅春

クレーンは袋を吊つて呼子鳥

春燈下ただわが非力のみがあり

はくれんに腐るはくれん引つかかり

長短のしだれ桜の猫屋敷

春星の濃くなる蕎麦に汁をつけ

干し薇のいろモナリザを囲む

日を黒し影を白しと桜狩

青空に映る花なき投票日

葉隠れに肉団子二ケ春の宵

頭振る大紫陽花も浄瑠璃も

灰色の葉のごと降れり夏鳩も

伯母逝けり蔓若干の薔薇を吊り

うしろ歩きの保母もゆく蟻の道

夏痩せの人に辛子をひねりだす

盗むしかなき芸烏瓜の花

消しゴムの垢受けてゐる薄暑の手

おもむろに夜食後の椅子かへてゐる
茹で汁こぼす秋出水かなしみて

秋暑憎めず胡椒粒すりつぶす

書家の無口ぶだうジャムの開かぬ蓋

秋夕焼魚焼き機にカマ間へ
草にふり大木にふる秋の雨

歯型つく林檎一切れ夫のもの

招き猫よりも手招く芒かな

秋果盛る天井飾るものもなく
鍵盤をむきだすピアノ夜の長し

外厠までの影なり毒茸

隣人にあられ噛む音冬の星

小面の裏窪ずわい蟹も持つ

濡れ靴に紙のひつつく咳のあと

手も足も根もなき波や年の果

冬薔薇割れる唇もてのぞく

きんこんと踏切の鳴る氷かな

雪飛んで静電気とぶ試着室

小火《ぼや》見舞助六寿司をぶらさげて

雲の走ありエレガントなる師走

新社員硬し昆布の乾くさま

冴え返る棒パンの先喰ひちぎり

野梅にも前歯にも米粒の光

高木のなくて眠たしたんぽぽ野

蝶々の流し目上手吸ひ上手

黄金週間魚卵の皮を切る

嫌なこと妙に重なるいぼ細螺

海苔炙る裏返したき雲もあり

短詩の謎山葵の頭擦りおろし

つつじ燃ゆ鶏の胸肉平手打ち

袋ごと果実は腐り聖五月

砂場から引き抜く造花朝曇り

レース編む投網の人を思ひつつ
白毫よ暑さに向かふ一粒よ

ハンカチに包む星ほど尖る石

渇きゆくしかなし雨後の蟻地獄

鏡台に出て墓石にも出る蜥蜴

夜濯ぎす怨みの面の唇思ひ

蟻往き来妙に離れぬある文言

夕蟬にダンサー専用の湯呑

落としたるころの拾へず夏壺中

夏もまた白骨色の館の灯

はたたがみ無き日金継皿走る

民具みな蟬色それも油蟬

虫歩く沙羅の小さな口周り

鼻に汗太古のベルト穴数へ

竹煮草毒舌ながら筋とほる

蜜いろも糞いろも日矢蟻地獄

いろいろとありて老得る落花生

杓文字やら笊やらを吊る残暑かな

穴惑ひ座席指定のなき舞踏

たうがらし炒めて個性派の悩み

小面が贅肉を押す鵙の贄

秋の蚊帳水の集まる音なども

菊花展見てゐる脹脛をみる

萩刈りて文字なきごときこのしづけさ

旧懐のつづく蜻蛉とぶかぎり

夜食後にひらくぶ厚い封書かな

Ⅱ

逝く秋の風に引き攣るをんなごゑ

栗羊羹食べて亀透く水とあふ

蟹食ぶは壁をいろいろ潰すこと

白小菊盗む背高痩せ女

服を脱ぐ白磁の皿の冷え思ひ

鳥止まるところ黒ずみ日短か

潮入りのしろがね弾む湯冷めかな

冬の芽のなかに悪の芽詩人の目

統領の迷ひ冬野を縫ふ水も

海は鉢水鳥のせたまま揺する

定刻に女を放つ枯野原

父母のおかげ恋のおかげ焚火燃ゆ

一口の水飲んで寝るポインセチア

波の皮膚みな引き攣つてゐて寒し

聖人の絵ばかり冬燈腐るほど

脇腹は魚にもあり霜の花

逝く年の肉屋に向かふ常緑樹

年末の蕎麦屋の時計仰ぎみる

寒卵割りて寺院の多き町

忘年の脱げばとぐろを巻くズボン

鼻風邪に垣根とびだす一枝あり

皿洗ひ嫌になる日の波の華

雪に見る魚に墨を塗る人ら
舐めるにも噛むにも遠し冬満月

蓮根掘浪花節ほど足粘り

裸木に取り巻かれゐる大伽藍

牡蠣洗ふ襞々洗ふ水となり

俎板始ぐにやぐにやのものぐにやり

冬の虹あくびの涙目にのこり

見てひとり蜜柑の皮の展開図

煮凝りのぷるぷる雑用に追はれ
冬菜食ぶ海の匂ひのする人と

二月へ塀にひつかき傷長し
森の春雪サラダには降らぬまま

椿落つ仲間ぎやうさんゐる穴へ

囀りにもみくちやにされ揉むミンチ

水張りて独活も日本も浮いてゐる

スイトピー乳房のふたつ沈む服

菜の花や厚い唇から愚痴る

自転車を叩いては消す春の雪

アスパラガス写真は歯根並べゐて
独活さらし昼渡されしビラのこと

ふちなしの眼鏡が割れて蝌蚪生まる
師のことば塩味鱒のバター焼き

犬ふぐり階段下りる尻の肉

煤けても絵の主マリア月日貝

摩耶詣飾り野菜をのこしきて

春寒し同じところで跳ぶ鳥

魚小骨春セーターの目にかかり
このごろは目盛りと眼張太くなる

ねぢあやめ朝には知らぬ昼がきて

仏陀へのみち藪椿崖椿

向家の窓に鍋透く百千鳥

鴨引いて不安材料残るに似

新旧の奥歯もて噛む花菜漬

叔父の死後草から湧いて小さき蝶

誓子忌の海が見たくて石に立つ

春手套はめしまま折る海の花

崖菫罅にしみたる嗚咽かな

本含む机上のひかり鳥の恋

畑白む二三の蝶々噴くのみに

芽吹く中藁葺屋根はおかつぱ似

蜂よぎり一瞬針の匂ひせり

クレソンの水に空瓶寄つてくる

蟻の粒砂の粒より粗忽もの
財布失ひ子子の揺れ記憶

山滝へ靴と靴擦れ抗ひつ

紙魚食らふあと爆破めく漢詩かな

日傘して魚の瞳疑ひぬ

顎だるき日向日葵の俯く日

鵆鳴けば厠手拭舌と垂れ

烏瓜灯りて読書怠りぬ

名月に判子をさがす大騒ぎ

開けたての行厨に似て菊花展

瓶に透く蜜掬ふ匙九月尽

さむざむと蝶の形の蒸し煙

甘鯛をせせる生真面目には遠く
冬雲の混みて追突多き日よ

亡父母は火事の火に似て近寄れぬ

踏切の鳴る青なまこ赤なまこ

都鳥そろばんを珠ぬけられず

割れ皿を布に包みて初氷

顔見世やおややまの唾ガラス光《びか》り

マスクして花も莟もなき森へ

艶消しの裏革クリスマスローズ

枯茨探ればもぐる小銭入れ

クリスマス海老煎餅にまじる髭

失ひし手こそ春待つ如来かな

馬匂ふ落葉白砂をふさぎゐて
マントひるがへし幅広昆布買ふ

凍蝶に滑りのにぶき雨戸くる
白鳥のうかぶ堀ありすまし汁

枯花をもぐに朝刊脇ばさみ

藪巻や亡母を芯に生きてきて

日は無音五色椿に花少な

蝶を待つ強火弱火をくりかへし

頭巾脱ぐ岬ぐいぐい海へ伸び

春の雪止みてきんぴら光りだす

猫の恋扉の把手すつぽぬけ
獣さかる大浴場の跡地とか

屋根を見よ恋猫のあと義賊ゆく

わが父祖の古銭も埋めず梅ざかり

菫より俯く時計修理人

虻唸る錦糸卵が飯塞ぎ

花終る蒸し鶏のゆげ笊目より

縄の這ふ模様のタオル蛍見に

夏安居の雨音のみが正確に
揚げ茄子かぶりて前歯ごと熱し

揉めば消えさう夜濯ぎのストッキング

どくだみを刈る香交遊録のなか

舌は歯にかこまれ遠花火無音

赤子怒りて新生姜瘤だらけ

茸汁吸ひ終はりても尖る山

秋晴を会食の日の緊《あ》唇《くち》かな

Ⅲ

海面に暗き膜あり鵙のこゑ

冬紅葉夫の好みし友好み

ひやひやと畑土捨て菜かぶりゐる

牡蠣すすする古煙突をときどき見

ピザ窯に炎の芽ある寒さかな

数の子を嚙めば金銀鳴るごとし

春浅し灰色の鳥かたまりて
うすらひのいろ独身の義姉《あね》の骨

虎杖や三角州にて人悼む

退廃かそれとも奇謀蜷の道

蜷の道ふえゆく無声映画かな

干鱈に酢恋愛映画みる夫に

どれほどが蟻に命中雨の粒

鮎もらふ自転車またぐ男より

面売りに棒夏原に雨まばら

枇杷熟れて少し猫背の医者の声

大梅雨の焼き肉店に布落とす

衣紋竹安心不安入れ替はる

瀬音たかぶり送り火の帰りみち

虫売りは脱いだ帽子を手に丸め

穂芒に老いの貧しきポニーテール

椿の実骨董箱に革の紐

地虫鳴く油の表かきまぜて

秋遍路歩くつづきに根を跨ぎ

色鳥に大判皿の尻拭ふ

片目弱りて跳ぶばつた火花めく

筒巻きにエプロンたたみ茶立虫

カーテンに鳥透くそれだけで秋思

秋芽吹く馬の目両頬に出張る

きゅうくつな旅の寝巻や轡虫

柿の蔕踏んで釘抜き地蔵尊

切金細工秋蜂は足垂らし

干し蒲団襲ひにきたる松の影

七面鳥の腹に詰め物父不在

悪人といふには白菜横抱へ

毛皮着て刀傷ある柱見る

古墳見学もこもこ編みセーター

指鳴らす音香ばしき弥生かな

古楽器の湿り椿寺の廊下

紅茶から匙をぬくとき光る蜂

体重計降りて絵踏みの日と思ふ

退院の夫に春禽色地味目

火取虫乳房うつかり服を透け

自転車をながらく漕がず烏賊輪切り

鉛筆ダコ地中海ダコを愛す

指圧後のでこぼこと煮るトマトかな

秋暑し提げて本より味噌重し

秋の薔薇神経痛は縦走り

足爪は貝のかたさや野分あと

さよならといふ語はひろし鳥渡る

つるつるの表紙を撫でて鶴の夜

躓いて地面が近しクリスマス

釦嵌め忘れたやうなしぐれかな

枯葎からだで割つて母を恋ふ

枯蔓を引けば猫撫でごゑあがる

春兆す俎上に水を行き来させ

つつじ咲くひつぱりだせぬ老睫毛

寝すぎては骨まで重し花の昼

アスファルト打つ雨硬し鳥の恋

恋猫に会ふ消化剤のんですぐ

老の夢椿円花種蒔きにけり

肩凝りに頬骨湿る松の芯

塀にふれさう立葵五本とも

はんざきは陶工投げ捨てた土か

出し殻のやうな真昼間蛇の舌

旅人に蟇の弾丸とぶ夕

麦の秋虫喰ひの穴光る服

耳湿りくる花芙蓉混みに混み

黄落期パンから魚卵落つこちさう

出疲れや頬から萎む烏瓜

影法師枯あぢさゐにかぶさりぬ

帰り花目脂に睫毛しがみつき

さむざむと贅肉のなき箸洗ふ

兎に糞記録ノートに赤い丸

焼豚にちよこんと辛子着ぶくれて
冬ざるる躓く石を蹴りかへし

大壺に水仙演題は「生きる」

パンジー混む音の外れる和音めき

鳩は壺型花以前花以後も

西行忌また自転車に追ひこされ

野遊びへまづパンの耳切り落とす

青嵐切符咥へてメモをとる

ぬめぬめと烏賊の皮むく無地の服
蕊の粉払ふ黒船祭かな

釘拾ふ旧伯爵邸の茂み

俎板の裏を表にあつぱつぱ

扇風機しまふマトリョーシカ残し

秋蚊打つ老いて短くなる手足

秋場所の終るスポンジケーキかな

蜜吸ふに夢中秋祭中の蝶

友悼む無花果ぷちぷち噛みあてて

鉦叩き三角巾を吊りつらね

台風一過虎縞の飴なめて

革靴に油拭き込む菊供養

熊穴に蠟燭売りの富士額

ならひ吹く汁鍋蓋にぶらさがり

倒木の根っこ天向く夜鷹蕎麦

急にさむくて皮剝き器姿消す

漱石忌全容見えにくき足裏

杉菜群湿りてまひるまの舞踏

建国日魚の皮引く眉を引く

布端にクロスステッチ蛙生る

蘖す賞味期限の切れながら
大小の木の芽衝動買ひ煽る

明日葉や連弾域を犯しあひ

なまぬるき味噌汁時の記念日に

四万六千日布目から雫
竜の髭夫に不眠をうつされて

席立つて判子屋のつぽ夕立あと
ジャスミン嗅いで魔女の息嗅ぐごとし

冷房風踵にあたり人悼む

汗ばんで「根つこ」ばかりの版画展

章魚に疣写真いつしゅんごとに今

あとがき

『布目から雫』は『ショートノーズ・ガー』につづく私の第四句集です。平成二十四年より令和五年までの作品の中から三三一句を選び一集としました。句集名は、〈四万六千日布目から雫〉の一句から貰いました。

七、八年前、まったく偶然、七月十日に浅草寺付近に居り、気が付いたら「四万六千日」の群衆の一人となっていました。ほおずき市もあり、その鉢を抱く嵩高い人々が群衆の瘤とも思えたものです。この日に参拝すれば、「四万六千日」参拝したと同じ功徳があるというのです。そこまで欲張らないとしても、布目から雫が落ちるように一滴ずつが一句となってあれやこれやと語ってくれたらと願っています。

四冊目の句集を上梓するなど、自分が一番驚いています。ここまで叱咤激励を繰り返して下さった方々あってこそです。心より感謝いたします。そして日々共に歩んできた仲間達とはかたい握手を。

一集を編むにあたっては、ふらんす堂の山岡喜美子様に大変お世話になりました。心より御礼申し上げます。

二〇二四年一〇月一〇日

中村堯子

著者略歴

中村堯子（なかむら・たかこ）

昭和20年　京都生まれ
昭和49年　「霜林」（桂樟蹊子主宰）入会
昭和53年　「霜林」退会
昭和54年　「畦」（上田五千石主宰）入会
「畦」新人賞受賞
「畦」同人
平成9年　上田五千石主宰急逝により「畦」退会
平成10年　「銀化」（中原道夫主宰）創刊より参加
銀化第一同人

「醍醐会」「空の会」「魯の会」を経て「破の会」「石の会」参加
句集に『風の的』『樹の音』『ショートノーズ・ガー』

現住所　〒604-8242　京都市中京区西洞院三条下ル柳水町72
コスモシティ三条西洞院309号

●初句索引

あ行

青嵐 一六一
青空に 一二五
赤子怒りて 一一六
秋暑し 一四四
秋蚊打つ 一六四
秋の蚊帳 五六
秋の薔薇 一四四
秋場所の 一六五
秋晴を 一一七
秋遍路 一三二
秋芽吹く 一三五
秋夕焼 三二
悪人と 一三八
開けたての 九七
揚げ茄子 一一四
顎だるき日 九五
明日葉や 一七三
足爪は 一四五
アスパラガス 八一
アスファルト 一五〇
汗ばんで 一七六
頭振る 二六
穴惑ひ 五五
虻唸る 一一二
甘鯛を 九九
鮎もらふ 一二七
蟻の粒 九三
蟻往き来 四九
虎杖や 一一七
凍蝶に 一二五
犬ふぐり 八三
嫌なこと 四三
いろいろと 五四
色鳥に 一三三
魚小骨 八五
受け口の 一五
兎に糞 一五七
失ひし 一〇四
うしろ歩きの 二八
うすらひの 一二四
独活さらし 八一
馬匂ふ 一〇五
海は鉢 六五
衣紋竹 一二九
鉛筆ダコ 一四三
老の夢 一五一
扇置く 一一
黄金週間 四二
大壺に 一五九
大梅雨の 一二九
叔父の死後 八八
落としたる 五〇
伯母逝けり 二七
おもむろに 三〇

か行

カーテンに 一三四
海面に 一二一
帰り花 一五六
顔見世や 一〇二
牡蠣洗ふ 七四
牡蠣すすり 一六
牡蠣すする 一二二
柿の蔕 一三六
崖菫 九〇
影法師 一五六
数の子を 一二三
風死して 八
肩凝りに 一五一
片目弱りて 一三三
蟹食ぶは 六二
鉦叩き 一六六
鴨引いて 八七
烏瓜 九六
枯茨 一〇三
枯蔓を 一四八
枯花を 一〇七
枯葎 一四七

渇きゆく　四七
革靴に　一六七
寒卵
—割つて事故死の　一一七
—割りて寺院の　七〇
菊花展　五七
茸汁　一一七
旧懐の　五八
きゆうくつな　一三五
急にさむくて　一六九
胡瓜揉む　八
鏡台に　四八
切金細工　一三六
きんこんと　三八
釘拾ふ　一六三
草にふり　一三二
熊穴に　一六八
雲の走　三九
クリスマス　一〇四
栗羊羹　六一
クレーンは　一二二
クレソンの　九二
夏安居の　一一四
毛皮着て　一二八
消しゴムの　二九
獣さかる　一一〇
建国日　一七一
鍵盤を　三四
恋猫に　一五〇
紅茶から　一四〇
高木の　四一
黄落期　一五五
小面が　五六
小面の　三六
古楽器の　一四〇
骨揚げの　一四
このごろは　八五
古墳見学　一三九

さ行

西行忌　一六〇
財布失ひ　九三
冴え返る　四〇
囀りに　七八
さむざむと
—蝶の形の　九八
—贅肉のなき　一五七
さよならと　一四五
皿洗ひ　七一
指圧後の　一四三
潮入りの　六四
時雨忌の　一五
舌は歯に　一一六
七面鳥の　一三七
自転車を
—叩いては消す　八〇
—ながらく漕がず　一四二
師のことば　八二
蕊紅き　一一
蕊の粉　一六二
四万六千日　一七四
紙魚食らふ　九四
地虫鳴く　一三二
ジャスミン嗅いで　一七五
喋りさうな　二〇
杓文字やら　五四
秋果盛る　三四
秋暑憎めず　三一
春星の　二四
春燈下　二二
書家の無口　三一
処暑の雨　一〇
白小菊　六二
新旧の　八八
新社員　四〇
スイトピー　七九
杉菜群　一七〇
頭巾脱ぐ　一〇九
煤けても　八三
砂場から　四五
菫より　一一二
誓子忌の　八九
聖人の　六八
瀬音たかぶり　一三〇
席立つて　一七五
セロリーの　二〇
扇風機　一六四
漱石忌　一七〇
外厠　三五
ぞんざいな　一八

た行

退院の　一四一
体重計　一四一
大小の　一七二
退廃か　一二五

台風一過　一六七
竹煮草　五三
章魚に疣　一七七
出し殻の　一五三
旅人に　一五三
短詩の謎　四四
長短の　二三
蝶々の　四二
蝶を待つ　一〇八
つつじ咲く　一四九
つつじ燃ゆ　四四
筒巻きに　一三四
椿落つ　七八
椿の実　一三一
躓いて　一四六
詰襟の　一九
艶消しの　一〇三
つるつるの　一四六
定刻に　六六
出疲れや　一五五
鉄路ふく　一九
手も足も　三七
たうがらし　五五
洞窟に　一二
倒木の　一六九
統領の　六五
燈籠へ　一〇
どくだみを　一一五
友悼む　一六六
鳥止まる　六三
どれほどが　一二七

な行

長薯や　一二
夏もまた　五〇
夏痩せの　二八
菜の花や　八〇
なまぬるき　一七三
波の皮膚　六七
舐めるにも　七二
ならひ吹く　一六八
縄の這ふ　一一三
鳰としるして　一四
煮凝りの　七六
蜷の道　一二六
二月へ　七七
鵺鳴けば　九六
盗むしか　二九
布端に　一七一
ぬめぬめと　一六二
濡れ靴に　三六
猫の恋　一一〇
ねぢあやめ　八六
寝すぎては　一四九
熱帯魚　七
年末の　六九
野遊びへ　一六一
海苔炙る　四三

は行

灰色の　二七
葉隠れに　二六
歯型つく　三三
萩刈りて　五七
白鳥の　一〇六
白鳥へ　一七
はくれんに　二三
蓮根掘　七三
裸木に　七三
畑白む　九一
はたたがみ　五一
蜂よぎり　九二
鳩は壺型　一六〇
花終る　一一三
鼻風邪に　七一
鼻に汗　五二
春浅し　一二四
春兆す　一四八
春寒し　八四
春手套　八九
春の雪　一〇九
ハンカチに　四七
はんざきは　一五二
パンジー混む　一五九
美学者の　二一
日傘して　九五
蘖す　一七二
ピザ窯に　一二三
干鱈に酢　一二六
一口の　六七
火取虫　一四二
日は無音　一〇八
白毫よ　四六
ひやひやと　一一二
枇杷熟れて　一二八
日を黒し　一二五

瓶に透く　九八
袋ごと　四五
服を脱ぐ　六三
ふちなしの　八二
仏陀への　八六
船出ある　二一
父母のおかげ　六六
踏切の　一〇〇
冬雲の　九九
冬ざるる　一五八
冬薔薇　三七
冬菜食ぶ　七六
冬の虹
　―皿に切り身の　一三
　―あくびの涙　七五
冬の芽の　六四
冬紅葉　一二一
塀にふれさう　一五二
蛇よりも　九
忘年の　七〇
亡父母は　一〇〇
干し薇の　二四
干し蒲団　一三七
穂芒に　一三一
釦嵌め忘れた　一四七
小火見舞　三九
本含む　九〇

ま行

マスクして　一〇二
俎板の　一六三
俎板は　一三
俎板始　七四
招き猫　三三
摩耶詣　八四
マントひるがへし　一〇五
水張りて　七九
蜜いろも　五三
蜜吸ふに　一六五
見てひとり　七五
耳湿りくる　一五四
都鳥　一〇一
民具みな　五一
向家の　八七
麦の秋　一五四
むかうから　一八
虫歩く　五二
虫売りは　一三〇
名月に　九七
芽吹く中　九一
面売りに　一二八
炎えながら　七
揉めば消えさう　一一五
森の春雪　七七

や行

焼豚に　一五八
夜食後に　五八
屋根を見よ　一一一
野梅にも　四一
藪からし　九
藪巻や　一〇七
山滝へ　九四
夕蟬に　四九
雪飛んで　三八
雪に見る　七二
逝く秋の　六一
逝く年の　六九
茹で汁こぼす　三〇
指鳴らす　一三九
夜濯ぎす　四八

ら行

竜の髭　一七四
隣人に　三五
冷房風　一七六
レース編む　四六
老斑を　一六

わ行

わが父祖の　一一一
脇腹は　六八
割れ皿を　一〇一

季語索引

あ 行

青嵐【あおあらし】（夏）
青嵐切符咥へてメモをとる　一六一
葵【あおい】（夏）
塀にふれさう立葵五本とも　一五二
秋扇【あきおうぎ】（秋）
扇置く昼餉はパンと茹で卵　二
秋出水【あきでみず】（秋）
茹で汁こぼす秋出水かなしみて　三〇
秋の雨【あきのあめ】（秋）
草にふり大木にふる秋の雨　三
秋の蚊【あきのか】（秋）
秋蚊打つ老いて短くなる手足　一六四
秋の蚊帳【あきのかや】（秋）
秋の蚊帳水の集まる音なども　五六
秋の蜂【あきのはち】（秋）
切金細工秋蜂は足垂らし　一三六
秋の灯【あきのひ】（秋）
洞窟に秋燈ゆらゆら七並べ　二
秋の芽【あきのめ】（秋）
秋芽吹く馬の目両頬に出張る　一三五
秋の夕焼【あきのゆうやけ】（秋）
秋夕焼魚焼き機にカマ問へ　三
秋場所【あきばしょ】（秋）
秋場所の終るスポンジケーキかな　一六五
秋薔薇【あきばら】（秋）
秋の薔薇神経痛は縦走り　一四四
秋晴【あきばれ】（秋）
秋晴を会食の日の緊唇かな　一一七
秋遍路【あきへんろ】（秋）
秋遍路歩くつづきに根を跨ぎ　一三
秋祭【あきまつり】（秋）
蜜吸ふに夢中秋祭中の蝶　一六五
朝曇【あさぐもり】（夏）
砂場から引き抜く造花朝曇り　四五
紫陽花【あじさい】（夏）
頭振る大紫陽花も浄瑠璃も　二六
明日葉【あしたば】（春）
明日葉や連弾域を犯しあひ　一七三

アスパラガス【あすぱらがす】（春）
アスパラガス写真は歯根並べゐて　八一
汗【あせ】（夏）
鼻に汗太古のベルト穴数へ　五二
汗ばんで「根っこ」ばかりの版画展　一七六
汗拭い【あせぬぐい】（夏）
ハンカチに包む星ほど尖る石　四七
暑し【あつし】（夏）
白毫よ暑さに向かふ一粒よ　四六
虻【あぶ】（春）
虻唸る錦糸卵が飯塞ぎ　一一二
甘鯛【あまだい】（冬）
受け口の甘鯛買うて文を待つ　一五
甘鯛をせせる生真面目には遠く　九九
鮎【あゆ】（夏）
鮎もらふ自転車またぐ男より　一二七
蟻【あり】（夏）
うしろ歩きの保母もゆく蟻の道　二八
蟻往き来妙に離れぬある文言　四九
蟻の粒砂の粒より粗忽もの　九三
どれほどが蟻に命中雨の粒　一二七
蟻地獄【ありじごく】（夏）
渇きゆくしかなし雨後の蟻地獄　四七
蜜いろも糞いろも日矢蟻地獄　五三
安居【あんご】（夏）
夏安居の雨音のみが正確に　一一四
烏賊【いか】（夏）
自転車をながらく漕がず烏賊輪切り　一四二
ぬめぬめと烏賊の皮むく無地の服　一六二
虎杖【いたどり】（春）
虎杖や三角州にて人悼む　一二五
無花果【いちじく】（秋）
友悼む無花果ぷちぷち嚙みあてて　一六六
犬ふぐり【いぬふぐり】（春）
犬ふぐり階段下りる尻の肉　八三
色鳥【いろどり】（秋）
色鳥に大判皿の尻拭ふ　一一三
兎【うさぎ】（冬）
兎に糞記録ノートに赤い丸　一五七
薄氷【うすらい】（春）
うすらひのいろ独身の義姉の骨　一二四
独活【うど】（春）
水張りて独活も日本も浮いてゐる　七九

独活さらし昼渡されしビラのこと　八二

梅【うめ】(春)
喋りさうな死者に開きさうな梅　二〇
美学者の死して梅が枝放射状　二一
野梅にも前歯にも米粒の光　四一
わが父祖の古銭も埋めず梅ざかり　一二

瓜揉【うりもみ】(夏)
胡瓜揉む苛つく日の苛つく指　八

絵踏【えぶみ】(春)
体重計降りて絵踏みの日と思ふ　一四一

衣紋竹【えもんだけ】(夏)
衣紋竹安心不安入れ替はる　一二九

黄金週間【おうごんしゅうかん】(春)
黄金週間魚卵の皮を切る　四二

送り火【おくりび】(秋)
瀬音たかぶり送り火の帰りみち　一三〇

お玉杓子【おたまじゃくし】(春)
ふちなしの眼鏡が割れて蝌蚪生まる　八二

落葉【おちば】(冬)
馬匂ふ落葉白砂をふさぎゐて　一〇五

和蘭芥子【おらんだがらし】(春)
クレソンの水に空瓶寄つてくる　九二

か行

蛾【が】(夏)
火取虫乳房うつかり服を透け　一四二

鳰【かいつぶり】(冬)
鳰としるして舟内の机かな　一四

帰り花【かえりばな】(冬)
帰り花目脂に睫毛しがみつき　一五六

顔見世【かおみせ】(冬)
顔見世やおやまの唾ガラス光り　一〇二

牡蠣【かき】(冬)
牡蠣すすり冷遇の瞬よみがへる　一六
牡蠣洗ふ襞々洗ふ水となり　七四
牡蠣すする古煙突をときどき見　一三二

柿【かき】(秋)
柿の蔕踏んで釘抜き地蔵尊　一三六

火事【かじ】(冬)
小火見舞助六寿司をぶらさげて　三九
亡父母は火事の火に似て近寄れぬ　一〇〇

数の子【かずのこ】(新年)
数の子を嚙めば金銀鳴るごとし　一三三

風邪【かぜ】(冬)
鼻風邪に垣根とびだす一枝あり　七一
風死す【かぜしす】(夏)
風死して筆箱型の待合所　八
蟹【かに】(夏)
蟹食ぶは壁をいろいろ潰すこと　六二
鉦叩【かねたたき】(秋)
鉦叩き三角巾を吊りつらね　一六六
雷【かみなり】(夏)
はたたがみ無き日金継皿走る　五一
烏瓜【からすうり】(秋)
烏瓜灯りて読書怠りぬ　九六
出疲れや頰から萎む烏瓜　一五五
烏瓜の花【からすうりのはな】(夏)
盗むしかなき芸烏瓜の花　二九
枯茨【かれいばら】(冬)
枯茨探ればもぐる小銭入れ　一〇三
枯尾花【かれおばな】(冬)
鉄路ふく風はニヒルや枯芒　一九
枯木【かれき】(冬)
裸木に取り巻かれゐる大伽藍　七三
枯蔓【かれづる】(冬)
枯蔓を引けば猫撫でごゑあがる　一四八
枯野【かれの】(冬)
定刻に女を放つ枯野原　六六
枯葎【かれむぐら】(冬)
枯葎からだで割つて母を恋ふ　一四七
蛙【かわず】(春)
布端にクロスステッチ蛙生る　一七一
寒卵【かんたまご】(冬)
寒卵割つて事故死の妃を憶ゆ　一七
寒卵割りて寺院の多き町　七〇
簡単服【かんたんふく】(夏)
俎板の裏を表にあつぱつぱ　一六三
寒燈【かんとう】(冬)
聖人の絵ばかり冬燈腐るほど　六八
菊【きく】(秋)
白小菊盗む背高痩せ女　六三
菊供養【きくくよう】(秋)
革靴に油拭き込む菊供養　一六七
細螺【きさご】(春)
嫌なこと妙に重なるいぼ細螺　四三

菊花展【きっかてん】（秋）
菊花展見てゐる脹脛をみる　五七
開けたての行厨に似て菊花展　九七
茸【きのこ】（秋）
茸汁吸ひ終はりても尖る山　一一七
着ぶくれ【きぶくれ】（冬）
焼豚にちよこんと辛子着ぶくれて　一五八
九月尽【くがつじん】（秋）
瓶に透く蜜掬ふ匙九月尽　九八
嚏【くさめ】（冬）
むかうから嚏に怯むからだくる　一八
轡虫【くつわむし】（秋）
きゆうくつな旅の寝巻や轡虫　一三五
熊穴に入る【くまあなにいる】（冬）
熊穴に蠟燭売りの富士額　一六八
クリスマス【くりすます】（冬）
クリスマス海老煎餅にまじる髭　一〇四
躓いて地面が近しクリスマス　一四六
クリスマスローズ【くりすますろーず】（冬）
艶消しの裏革クリスマスローズ　一〇三
栗羊羹【くりようかん】（秋）
栗羊羹食べて亀透く水とあふ　六一
黒船祭【くろふねまつり】（夏）
蕊の粉払ふ黒船祭かな　一六二
毛皮【けがわ】（冬）
毛皮着て刀傷ある柱見る　一三八
獣交む【けものつるむ】（春）
獣さかる大浴場の跡地とか　一一〇
建国記念日【けんこくきねんび】（春）
建国日魚の皮引く眉を引く　一七一
黄落【こうらく】（秋）
黄落期パンから魚卵落つこちさう　一五五
氷【こおり】（冬）
きんこんと踏切の鳴る氷かな　三八
五月【ごがつ】（夏）
袋ごと果実は腐り聖五月　四五
木の芽【このめ】（春）
芽吹く中藁葺屋根はおかつぱ似　九一
大小の木の芽衝動買ひ煽る　一七二

さ行

西行忌【さいぎょうき】（春）
西行忌また自転車に追ひこされ　一六〇

冴返る【さえかえる】（春）
冴え返る棒パンの先喰ひちぎり　四〇

囀【さえずり】（春）
囀りにもみくちやにされ揉むミンチ　七八

桜狩【さくらがり】（春）
日を黒し影を白しと桜狩　一一五

寒し【さむし】（冬）
波の皮膚みな引き攣つてゐて寒し　六七
さむざむと蝶の形の蒸し煙　九八
ピザ窯に炎の芽ある寒さかな　一一三
さむざむと贅肉のなき箸洗ふ　一五七
急にさむくて皮剝き器姿消す　一六九

沙羅の花【さらのはな】（夏）
虫歩く沙羅の小さな口周り　五二

三色菫【さんしきすみれ】（春）
パンジー混む音の外れる和音めき　一五九

残暑【ざんしょ】（秋）
秋暑憎めず胡椒粒すりつぶす　三一
杓文字やら笊やらを吊る残暑かな　五四
秋暑し提げて本より味噌重し　一四四

山椒魚【さんしょううお】（夏）
はんざきは陶工投げ捨てた土か　一五二

残雪【ざんせつ】（春）
ぞんざいな言葉の前に残る雪　一八

時雨【しぐれ】（冬）
鈿嵌め忘れたやうなしぐれかな　一四七

茂【しげり】（夏）
釘拾ふ旧伯爵邸の茂み　一六三

枝垂桜【しだれざくら】（春）
長短のしだれ桜の猫屋敷　一一三

七面鳥【しちめんちょう】（冬）
七面鳥の腹に詰め物父不在　一三七

四万六千日【しまんろくせんにち】（夏）
四万六千日布目から雫　一七四

紙魚【しみ】（夏）
紙魚食らふあと爆破めく漢詩かな　九四

地虫鳴く【じむしなく】（秋）
地虫鳴く油の表かきまぜて　一二三

霜【しも】（冬）
脇腹は魚にもあり霜の花　六八

蛇の髭の花【じゃのひげのはな】（夏）
竜の髭夫に不眠をうつされて　一七四

秋果【しゅうか】（秋）
秋果盛る天井飾るものもなく　二四

秋思【しゅうし】（秋）
カーテンに鳥透くそれだけで秋思 一三四
十薬【じゅうやく】（夏）
どくだみを刈る香交遊録のなか 一二五
春燈【しゅんとう】（春）
春燈下ただわが非力のみがあり 三
処暑【しょしょ】（秋）
処暑の雨夫婦の下着とりこめば 一〇
師走【しわす】（冬）
雲の走ありエレガントなる師走 三九
新社員【しんしゃいん】（春）
新社員硬し昆布の乾くさま 四〇
新生姜【しんしょうが】（夏）
赤子怒りて新生姜瘤だらけ 一一六
スイートピー【すいーとぴー】（春）
スイトピー乳房のふたつ沈む服 七九
水仙【すいせん】（冬）
大壺に水仙演題は「生きる」 一五九
杉菜【すぎな】（春）
杉菜群湿りてまひるまの舞踏 一七〇
頭巾【ずきん】（冬）
頭巾脱ぐ岬ぐいぐい海へ伸び 一〇九

薄【すすき】（秋）
招き猫よりも手招く芒かな 二二
穂芒に老いの貧しきポニーテール 一三
菫【すみれ】（春）
崖菫罅にしみたる嗚咽かな 九〇
菫より俯く時計修理人 一二
ずわい蟹【ずわいがに】（冬）
小面の裏窪ずわい蟹も持つ 三六
誓子忌【せいしき】（春）
誓子忌の海が見たくて石に立つ 八九
セーター【せーたー】（冬）
古墳見学もこもこ編みセーター 一三九
咳【せき】（冬）
濡れ靴に紙のひつつつく咳のあと 三六
蟬【せみ】（夏）
夕蟬にダンサー専用の湯呑 四九
民具みな蟬色それも油蟬 五一
セロリ【せろり】（冬）
セロリーの筋引く笑ひ皺がふえ 二〇
線香花火【せんこうはなび】（夏）
燈籠へ追はるる鼠花火かな 一〇

扇風機【せんぷうき】（夏）
扇風機しまふマトリョーシカ残し　一六四
薇【ぜんまい】（春）
干し薇のいろモナリザを囲む　二四
漱石忌【そうせきき】（冬）
漱石忌全容見えにくき足裏　一七〇

た　行

颱風【たいふう】（秋）
台風一過虎縞の飴なめて　一六七
滝【たき】（夏）
山滝へ靴と靴擦れ抗ひつ　九四
焚火【たきび】（冬）
父母のおかげ恋のおかげ焚火燃ゆ　六六
竹煮草【たけにぐさ】（夏）
竹煮草毒舌ながら筋とほる　五三
章魚【たこ】（夏）
鉛筆ダコ地中海ダコを愛す　一四三
章魚に疣写真いつしゆんごとに今　一七七
短日【たんじつ】（冬）
鳥止まるところ黒ずみ日短か　六三
蒲公英【たんぽぽ】（春）
高木のなくて眠たしたんぽぽ野　四一
遅春【ちしゅん】（春）
船出あるほかは花木もなき遅春　二二
茶立虫【ちゃたてむし】（秋）
筒巻きにエプロンたたみ茶立虫　一三四
蝶【ちょう】（春）
蝶々の流し目上手吸ひ上手　四二
叔父の死後草から湧いて小さき蝶　八八
畑白む二三の蝶々噴くのみに　九一
蝶を待つ強火弱火をくりかへし　一〇八
月日貝【つきひがい】（春）
煤けても絵の主マリア月日貝　八三
躑躅【つつじ】（春）
つつじ燃ゆ鶏の胸肉平手打ち　四四
つつじ咲くひつぱりだせぬ老睫毛　一四九
椿【つばき】（春）
椿落つ仲間ぎやうさんゐる穴へ　七八
仏陀へのみち藪椿崖椿　八六
日は無音五色椿に花少な　一〇八
古楽器の湿り椿寺の廊下　一四〇

椿の実【つばきのみ】（秋）
椿の実骨董箱に革の紐　一三
梅雨【つゆ】（夏）
大梅雨の焼き肉店に布落とす　一二九
鶴【つる】（冬）
つるつるの表紙を撫でて鶴の夜　一四六
唐辛子【とうがらし】（秋）
たうがらし炒めて個性派の悩み　五五
冬眠【とうみん】（冬）
俎板は熱湯かぶる冬眠期　一三
蜥蜴【とかげ】（夏）
鏡台に出て墓石にも出る蜥蜴　四八
時の記念日【ときのきねんび】（夏）
なまぬるき味噌汁時の記念日に　一七三
毒茸【どくたけ】（秋）
外厠までの影なり毒茸　三五
年の暮【としのくれ】（冬）
手も足も根もなき波や年の果　三七
年末の蕎麦屋の時計仰ぎみる　六九
年忘【としわすれ】（冬）
忘年の脱げばとぐろを巻くズボン　七〇
トマト【とまと】（夏）
指圧後のでこぼこと煮るトマトかな　一四三
虎鶫【とらつぐみ】（夏）
鵺鳴けば厠手拭舌と垂れ　九六
鳥交る【とりさかる】（春）
本含む机上のひかり鳥の恋　九〇
アスファルト打つ雨硬し鳥の恋　一五〇
蜻蛉【とんぼ】（秋）
旧懐のつづく蜻蛉とぶかぎり　五八

な行

薯蕷【ながいも】（秋）
長薯や仏陀もねばり強く座し　三
長月【ながつき】（秋）
蕊紅き花長月に逝く母に　一
茄子【なす】（夏）
揚げ茄子かぶりて前歯ごと熱し　一四
夏【なつ】（夏）
灰色の葉のごと降れり夏鳩も　二七
落としたるこゑの拾へず夏壺中　五〇
夏もまた白骨色の館の灯　五〇
面売りに棒夏原に雨まばら　一二八

夏痩【なつやせ】（夏）
夏痩せの人に辛子をひねりだす　二八
菜の花【なのはな】（春）
菜の花や厚い唇から愚痴る　八〇
海鼠【なまこ】（冬）
踏切の鳴る青なまこ赤なまこ　一〇〇
波の花【なみのはな】（冬）
皿洗ひ嫌になる日の波の華　七一
ならい【ならい】（冬）
ならひ吹く汁鍋蓋にぶらさがり　一六八
二月【にがつ】（春）
二月へ塀にひつかき傷長し　七七
煮凝【にこごり】（冬）
煮凝りのぷるぷる雑用に追はれ　七六
二重回し【にじゅうまわし】（冬）
マントひるがへし幅広昆布買ふ　一〇五
蜷【にな】（春）
退廃かそれとも奇謀蜷の道　一二五
蜷の道ふえゆく無声映画かな　一二六
猫の恋【ねこのこい】（春）
猫の恋扉の把手すつぽぬけ　一一〇
屋根を見よ恋猫のあと義賊ゆく　一一一
恋猫に会ふ消化剤のんですぐ　一五〇
捩菖蒲【ねじあやめ】（春）
ねぢあやめ朝には知らぬ昼がきて　八六
熱帯魚【ねったいぎょ】（夏）
熱帯魚ぴりりと辛く光るなり　七
野遊【のあそび】（春）
野遊びへまづパンの耳切り落とす　一六一
海苔【のり】（春）
海苔炙る裏返したき雲もあり　四三
野分【のわき】（秋）
足爪は貝のかたさや野分あと　一四五

は行

萩刈る【はぎかる】（秋）
萩刈りて文字なきごときこのしづけさ　五七
白菜【はくさい】（冬）
悪人といふには白菜横抱へ　一三八
薄暑【はくしょ】（夏）
消しゴムの垢受けてゐる薄暑の手　一九
白鳥【はくちょう】（冬）
白鳥へ夜汽車の空気枕かな　一一七
白鳥のうかぶ堀ありすまし汁　一〇六

芭蕉忌【ばしょうき】(冬)
時雨忌の卓煮干しあり定規あり　一五
蓮根掘る【はすねほる】(冬)
蓮根掘浪花節ほど足粘り　七三
蜂【はち】(春)
蜂よぎり一瞬針の匂ひせり　九二
紅茶から匙をぬくとき光る蜂　一四〇
初氷【はつごおり】(冬)
割れ皿を布に包みて初氷　一〇一
螇蚸【ばった】(秋)
片目弱りて跳ぶばつた火花めく　一三三
花【はな】(春)
青空に映る花なき投票日　二五
花終る蒸し鶏のゆげ笊目より　一二三
寝すぎては骨まで重し花の昼　一四九
鳩は壺型花以前花以後も　一六〇
花菜漬【はななづけ】(春)
新旧の奥歯もて噛む花菜漬　八八
花火【はなび】(夏)
舌は歯にかこまれ遠花火無音　一一六
薔薇【ばら】(夏)
伯母逝けり蔓若干の薔薇を吊り　一二七
春浅し【はるあさし】(春)
春浅し灰色の鳥かたまりて　一二四
春寒【はるさむ】(春)
春寒し同じところで跳ぶ烏　八四
春手袋【はるしゅとう】(春)
春手套はめしまま折る海の花　九九
春セーター【はるせーたー】(春)
魚小骨春セーターの目にかかり　八五
春の鳥【はるのとり】(春)
退院の夫に春禽色地味目　一四一
春の星【はるのほし】(春)
春星の濃くなる蕎麦に汁をつけ　二四
春の雪【はるのゆき】(春)
森の春雪サラダには降らぬまま　七七
自転車を叩いては消す春の雪　八〇
春の雪止みてきんぴら光りだす　一〇九
春の宵【はるのよい】(春)
葉隠れに肉団子二ケ春の宵　二六
春待つ【はるまつ】(冬)
失ひし手こそ春待つ如来かな　一〇四
春めく【はるめく】(春)
春兆す俎上に水を行き来させ　一四八

日傘【ひがさ】（夏）
日傘して魚の瞳疑ひぬ　九五

蟇【ひきがえる】（夏）
旅人に蟇の弾丸とぶ夕　一五三

引鴨【ひきがも】（春）
鴨引いて不安材料残るに似　八〇

蘖【ひこばえ】（春）
蘖す賞味期限の切れながら　一七一

干鱈【ひだら】（春）
干鱈に酢恋愛映画みる夫に　一二六

向日葵【ひまわり】（夏）
顎だるき日向日葵の俯く日　九五

冷やか【ひややか】（秋）
服を脱ぐ白磁の皿の冷え思ひ　六三
ひやひやと畑土捨て菜かぶりゐる　一三一

枇杷【びわ】（夏）
枇杷熟れて少し猫背の医者の声　一二八

葡萄【ぶどう】（秋）
書家の無口ぶだうジャムの開かぬ蓋　三一

蒲団【ふとん】（冬）
干し蒲団襲ひにきたる松の影　一三七

冬枯【ふゆがれ】（冬）
枯花をもぐに朝刊脇ばさみ　一〇七
影法師枯あぢさゐにかぶさりぬ　一五六

冬籠【ふゆごもり】（冬）
老斑を手の花柄に冬ごもる　一六

冬ざれ【ふゆざれ】（冬）
冬ざるる躓く石を蹴りかへし　一五八

冬菜【ふゆな】（冬）
冬菜食ぶ海の匂ひのする人と　七六

冬野【ふゆの】（冬）
統領の迷ひ冬野を縫ふ水も　六五

冬の雲【ふゆのくも】（冬）
冬雲の混みて追突多き日よ　九九

冬の蝶【ふゆのちょう】（冬）
凍蝶に滑りのにぶき雨戸くる　一〇六

冬の月【ふゆのつき】（冬）
舐めるにも噛むにも遠し冬満月　七二

冬の虹【ふゆのにじ】（冬）
冬の虹皿に切り身の血が残り　一三
冬の虹あくびの涙目にのこり　七五

冬の星【ふゆのほし】（冬）
隣人にあられ噛む音冬の星　三五

冬の山【ふゆのやま】（冬）
骨揚げの銀の長皿枯木山　一四
冬薔薇【ふゆばら】（冬）
冬薔薇割れる唇もてのぞく　三七
冬芽【ふゆめ】（冬）
冬の芽のなかに悪の芽詩人の目　六四
冬紅葉【ふゆもみじ】（冬）
冬紅葉夫の好みし友好み　一二一
芙蓉【ふよう】（秋）
耳湿りくる花芙蓉混みに混み　一五四
蛇【へび】（夏）
蛇よりもあやしき艶の水餃子　九
出し殻のやうな真昼間蛇の舌　一五三
蛇穴に入る【へびあなにいる】（秋）
穴惑ひ座席指定のなき舞踏　五五
ポインセチア【ぽいんせちあ】（冬）
一口の水飲んで寝るポインセチア　六七
孑孑【ぼうふら】（夏）
財布失ひ孑孑の揺れ記憶　九三
蛍【ほたる】（夏）
縄の這ふ模様のタオル蛍見に　一一三

ま行

鱒【ます】（春）
師のことば塩味鱒のバター焼き　八二
マスク【ますく】（冬）
マスクして花も莟もなき森へ　一〇二
茉莉花【まつりか】（夏）
ジャスミン嗅いで魔女の息嗅ぐごとし　一七五
俎始【まないたはじめ】（新年）
俎板始ぐにやぐにやのものぐにやり　七四
摩耶詣【まやもうで】（春）
摩耶詣飾り野菜をのこしきて　八四
蜜柑【みかん】（冬）
見てひとり蜜柑の皮の展開図　七五
水鳥【みずどり】（冬）
海は鉢水鳥のせたまま揺する　六五
都鳥【みやこどり】（冬）
都鳥そろばんを珠ぬけられず　一〇一
麦の秋【むぎのあき】（夏）
麦の秋虫喰ひの穴光る服　一五四
虫売【むしうり】（秋）
虫売りは脱いだ帽子を手に丸め　一三〇

名月【めいげつ】（秋）
名月に判子をさがす大騒ぎ　九七
眼張【めばる】（春）
このごろは目盛りと眼張太くなる　八五
木蓮【もくれん】（春）
はくれんに腐るはくれん引つかかり　一一三
鵙【もず】（秋）
海面に暗き膜あり鵙のこゑ　一二一
鵙の贄【もずのにえ】（秋）
小面が贅肉を押す鵙の贄　五六
物種蒔く【ものだねまく】（春）
老の夢楕円花種蒔きにけり　一五一
百千鳥【ももちどり】（春）
向家の窓に鍋透く百千鳥　八七
炎ゆる【もゆる】（夏）
炎えながら駐輪場は骨のいろ　七

や　行

夜食【やしょく】（秋）
おもむろに夜食後の椅子かへてゐる　三〇
夜食後にひらくぶ厚い封書かな　五八
藪からし【やぶからし】（秋）
藪からし引けば鐘々鳴りひびく　九
藪巻【やぶまき】（冬）
詰襟の少年とみる菰巻く木　一九
藪巻や亡母を芯に生きてきて　一〇七
弥生【やよい】（春）
指鳴らす音香ばしき弥生かな　一三九
夕立【ゆうだち】（夏）
席立つて判子屋のつぽ夕立あと　一七五
雪【ゆき】（冬）
雪飛んで静電気とぶ試着室　三八
雪に見る魚に墨を塗る人ら　七二
行く秋【ゆくあき】（秋）
逝く秋の風に引き攣るをんなごゑ　六一
行く年【ゆくとし】（冬）
逝く年の肉屋に向かふ常緑樹　六九
湯ざめ【ゆざめ】（冬）
潮入りのしろがね弾む湯冷めかな　六四
夜濯【よすすぎ】（夏）
夜濯ぎす怨みの面の唇思ひ　四八
揉めば消えさう夜濯ぎのストッキング　一一五

夜鷹蕎麦【よたかそば】（冬）
倒木の根つこ天向く夜鷹蕎麦　一六九
夜長【よなが】（秋）
鍵盤をむきだすピアノ夜の長し　三四
呼子鳥【よぶこどり】（春）
クレーンは袋を吊つて呼子鳥　三三

ら行

落花生【らっかせい】（秋）
いろいろとありて老得る落花生　五四
林檎【りんご】（秋）
歯型つく林檎一切れ夫のもの　三三
冷房【れいぼう】（夏）
冷房風踵にあたり人悼む　一七六
レース【れーす】（夏）
レース編む投網の人を思ひつつ　四六

わ行

若緑【わかみどり】（春）
肩凝りに頬骨湿る松の芯　一五一
山葵【わさび】（春）
短詩の謎山葵の頭擦りおろし　四四
渡り鳥【わたりどり】（秋）
さよならといふ語はひろし鳥渡る　一四五

令和俳句叢書

句集　布目《ぬのめ》から雫《しずく》

二〇二四年一二月一日第一刷

定価＝本体二八〇〇円＋税

●著者――中村　堯子

●発行者――山岡喜美子

●発行所――ふらんす堂

〒一八二―〇〇〇二　東京都調布市仙川町一―一五―三八―二F

TEL　〇三・三三二六・九〇六一　FAX　〇三・三三二六・六九一九

ホームページ　https://furansudo.com/　E-mail　info@furansudo.com

●装幀――和　兎

●印刷――日本ハイコム株式会社

●製本――株式会社松岳社

ISBN978-4-7814-1680-9 C0092 ¥2800E